AF364002

ANALYSE CRITIQUE

PAR M. BIOU,

Membre de la Société Académique de Nantes,
Président de la Section des Lettres, Sciences et Arts,

DE LA

LÉGENDE RUSTIQUE

POÈME DE M. ROBINOT-BERTRAND.

———

La littérature de notre temps a de regrettables tendances. Qu'on ouvre les livres ou qu'on assiste aux représentations dramatiques, on est surpris et affligé de voir qu'avec des divergences dans la forme, le fond soit presque toujours le même, et conduise à des résultats semblables : on assiste à l'éternelle lutte du mal contre le bien, et trop souvent au triomphe du mal.

Pour les uns, c'est la femme subissant des influences funestes, ou entraînant dans son triste égarement les victimes de ses séductions. Grande dame ou courtisane, épouse, fille ou mère, il faut qu'à tout prix, du jour où elle a succombé, elle devienne intéressante. La passion est son excuse ; qu'elle néglige les usages les plus respectés ; qu'elle foule aux pieds les devoirs les plus saints ; que chacun de ses pas laisse une empreinte de sang et de boue : il n'importe !

Ce que l'on veut ; c'est une parole qui charme et captive ; c'est une action fiévreuse et délirante qui exalte et enivre ; c'est une excitation violente qui défende la réflexion, trouble le sens moral et produise la confusion et le doute.

Pour d'autres, c'est l'humanité saisie sous ses aspects dépravés, avec ses instincts pervers et son égoïsme railleur ; c'est la mise en scène des intérêts vulgaires, des appétits matériels, des jouissances grossières.

Sous prétexte de peindre des mœurs actuelles, ils exagèrent des types, ils inventent des mots accentués qui se retiennent et qui font école ; ils déroulent des tableaux chargés de couleurs fausses, mais attrayantes ; de telle sorte que les nouveaux initiés, se préoccupant peu d'ailleurs d'un dénouement, la plupart du temps sans intérêt ou sans moralité, sont plutôt disposés à imiter des exemples qui flattent leurs secrètes inclinations, qu'à fuir des vices dont ils ne comprendront bientôt plus la honte ni le danger.

Nous ne parlerons pas de ces écrivains sans vergogne dont la plume vénale distille dans la petite presse le poison de ses romans indigestes ;

De cette littérature de coulisses et de mauvais lieux qui court les rues, débitant dans une espèce d'argot les causeries et les nouvelles d'une classe interlope ;

Ni de ces œuvres d'un autre genre où la vie est représentée comme un carnaval perpétuel ; où les choses les plus graves figurent comme des bouffonneries ; où les autorités les plus indiscutables dans la famille ou dans la société, les principes les plus sacrés, sont méconnus, travestis, bafoués et ridiculisés.

Mais il ne nous est pas possible de nous arrêter sans chagrin sur les livres de quelques hommes, placés par la

science et le talent à des rangs élevés, qui, de bonne foi
sans doute, quoique partant de points opposés, concourent
sans le vouloir au même but.

Les premiers, s'affranchissant de toute entrave et prenant
pour devise le mot si élastique et si diversement compris
de *liberté,* s'attaquent impitoyablement à toutes les croyan-
ces, quelles qu'elles soient, et sont tout prêts à ramener
l'homme à l'état sauvage, en prétendant l'éclairer et le
rendre meilleur;

Tandis que les autres promènent leurs lecteurs dans tous
les bas fonds de la société, leur montrant les scories, leur
détaillant les impuretés, leur faisant respirer les odeurs
malsaines, leur disant ensuite : *voilà le monde !* et finis-
sent par inspirer le dégoût et la répulsion au lieu de sen-
timents fraternels et généreux.

Nous ne croyons pas que ce soit là le monde, le vrai
monde.

Que penserait-on de celui qui, nous conduisant dans
l'asile réservé aux infirmités humaines, dirait :

Cet homme est atteint d'une fièvre qui brûle son cer-
veau ; en voilà un dont les membres paralysés ne sont plus
qu'un fardeau inutile ; celui-là laisse échapper de sa bouche
des flots d'écume dont le moindre contact donne la mort ;
cet autre tue quiconque respire son souffle empoisonné !...
Voilà l'humanité ?

On lui répondrait : Non, ce n'est pas l'humanité que
vous représentez sous cet aspect hideux et repoussant ;
c'est l'homme malade !...

C'est qu'en effet le monde sain et fort existe ; et sans
crainte d'être taxé d'un optimisme exagéré et ridicule, nous
pouvons assurer que nous le rencontrons partout, dans
nos demeures, dans notre entourage, dans nos relations.

Ne saluons-nous pas tous les jours avec respect le savant

qui, sous l'empire d'un dévouement sans bornes, consacre ses veilles et souvent expose sa vie pour soulager et sauver ceux qui souffrent ?

Le magistrat intègre, que rien ne trouble dans l'accomplissement de sa sainte et redoutable mission ?

Le commerçant dont l'austère probité lutte avec persévérance et ne faillit jamais ?

Le prêtre habitué au sacrifice, toujours prêt à consoler, encourager et bénir ?

En est-il un de nous qui ne connaisse et n'entoure de sa vénération le père de famille enseignant les vertus par la parole et par l'exemple ?

La pauvre mère, sublime création, puisant dans ses propres souffrances le germe d'un amour sans fin ?

L'épouse chaste et pure, charme et orgueil du foyer domestique ?

Qui de nous n'a pas vu passer avec une profonde émotion, la femme, la jeune fille souvent, cachée sous les longs plis d'un vêtement grossier, déchue volontairement même de l'espoir des joies terrestres, et ne connaissant plus d'autre famille que les pauvres et les déshérités ?

Ne touchons-nous pas à chaque heure l'honnête homme, dans quelque condition que la Providence l'ait placé, exact à remplir les devoirs de son état, usant ses forces pour faire le bien, honorer son pays et satisfaire sa conscience ?...

Voilà le vrai monde ! celui au milieu duquel nous vivons ! s'il en est un autre, c'est le monde malade qu'il faut plaindre et tâcher de guérir !... Mais ce n'est pas la société !...

Cependant ces écrivains sont recherchés et jouissent d'une grande popularité.

Ils plaisent à cause de l'originalité de leur style, de l'excentricité de leurs idées, de l'étrangeté de leurs peintures et de la violence même de leurs discussions et de leurs doctrines.

Combien de temps le bon goût et l'élément moral pourront-ils résister à de pareilles épreuves ? Comment les préserver contre des entraînements arrivant de toutes parts et sous toutes les formes ?

Le danger est grand ; mais le remède n'est pas impossible.

Grâce à Dieu, quelques hommes venant au secours de la conscience publique, font des efforts puissants pour repousser l'ennemi. Aux œuvres malfaisantes, ils opposent des ouvrages sérieusement médités, laborieusement étudiés, où dans un style simple et grave, ou brillant et imagé, sont tracés des portraits gracieux et attrayants et des enseignements moraux et salutaires.

M. Robinot-Bertrand est un de ces hommes.

La tâche qu'il a entreprise est noble et digne ; il l'a abordée franchement et courageusement.

Nous connaissons le talent de M. Robinot-Bertrand. Plusieurs de ses compositions, tant en vers qu'en prose, ont déjà été communiquées à la *Société Académique,* et ont été accueillies avec un grand intérêt.

Le livre nouveau que cet écrivain vient de publier, intitulé la *Légende rustique,* est placé sous l'égide d'une dédicace pieuse, épanchement intime du cœur, et qui prépare favorablement les esprits.

Le cadre est simple.

M. Robinot-Bertrand n'a point eu recours à ces grands effets de mise en scène qui éblouissent et n'ont souvent d'autre objet que de détourner l'attention de la pauvreté du fond, à ces passions violentes et tumultueuses qui troublent et désolent tout ce qui les approche.

Il a pris ses personnages dans un modeste village ; il a dépeint leurs habitudes douces et affectueuses, leur caractère énergique et résigné, leurs travaux rudes et fortifiants, leurs amours honnêtes et purs.

Il a montré que le bonheur se trouve plus facilement sous un toit paisible qu'au milieu des orages et des triomphes de la place publique.

La famille est peu nombreuse. Le père, travailleur infatigable, qui a trouvé, à force de labeurs, au sein de la terre le trésor que Dieu y a enfoui ; la mère, inspirant la sainte affection par son abnégation et ses vertus ; deux enfants : Gabriel, dont le goût pour l'étude s'est révélé dès le premier âge ; Pierre, le plus jeune, appelé à creuser à son tour le sol fécond et nourricier.

De bons amis, le curé, le médecin, charment l'intimité par leurs conseils tendres et sincères ou l'égaient par leur humeur aimable et joyeuse.

A quelques pas, dans un hameau voisin, habite Rose Aubain, une gracieuse jeune fille dont Pierre doit faire un jour la compagne de sa vie.

Il y avait là peut-être un abri protecteur pour tous, si Gabriel, obéissant à l'ambition paternelle, n'avait pas mordu au fruit souvent amer de la science ; si, après avoir pris son vol vers des régions trop hautes, l'enfant aventureux n'était pas venu retomber, hélas ! meurtri et brisé sur le seuil de son berceau.

C'est l'heure que le poëte a choisie pour commencer son œuvre !...

La première partie est intitulée *le Retour.*

Gabriel, absent depuis plusieurs années du village du Sablon, a annoncé subitement son arrivée. On l'attend ; c'est lui qui nous dira tout son passé, ses rêves, ses combats, ses déceptions, ses douleurs.

Comme on a dû le comprendre, l'auteur n'a pas eu seulement l'intention de peindre les mœurs simples des champs, son idée a été complexe. A côté des races fortes et vigoureuses qui peuplent la campagne, il a voulu placer les hommes de la pensée poursuivant l'idéal, préparant l'avenir et succombant quelquefois à la peine.

Pierre est la personnification des premières ; Gabriel doit sans doute représenter les seconds.

Le but paraît suffisamment indiqué dans les vers suivants qui commencent l'ouvrage :

« Il est sur terre, il est, docile et saine race,
» Des hommes dont le cœur est pur et le bras fort ;
» Ils travaillent sans trêve, et quand leur main est lasse,
» La mort est là qui vient bienfaisante ; elle passe
» Et comme des enfants doucement les endort :
» C'est par eux que de fleurs, chaque haie embaumée
» Sur les fronts fatigués passe en rameaux ombreux.
» Que le blé jaunit au sillon, c'est par eux
» Que de l'automne ami la pluie accoutumée
» Mûrit sur les hauteurs le raisin généreux.
» Mais il est ici-bas une autre race encore
» D'hommes vaillants, — héros que nous méconnaissons !...
» Amants de l'absolu, l'absolu les dévore ;
» Ils creusent, l'œil fixé sur l'aube près d'éclore
» Les rocs où l'avenir cueillera les moissons ;
» C'est par eux que s'accroît le champ de la science,
» C'est par eux qu'est frappé l'arbre oblique du mal,
» C'est par eux qu'est détruit le bois morne et fatal
» Qui nous cache le ciel et son azur immense,
» C'est par eux que le cœur se nourrit d'idéal ;
» Or, j'ai connu les uns et les autres ; moi-même
» Les suivant quelquefois en leur œuvre que j'aime,
» J'ai partagé leur joie et compris leurs douleurs,
» Et je veux aujourd'hui dans un mâle poème
      » Chanter ces travailleurs. »

Les strophes qui suivent, sorte d'invocation, sont réellement empreintes du cachet poétique.

Puis vient une de ces descriptions des lieux, des sites, des usages et des travaux champêtres qui sont communes dans le poême et dans lesquelles nous pouvons dire hardiment que l'auteur excelle.

Quelle que soit l'époque de l'année, la saison, l'heure, la peinture est exacte et fidèle ;

Que la neige couvre le sol glacé ; que les bois soient chargés de leurs couronnes de verdure ; que la nuit soit obscure ou éclairée par la pâle lueur des astres ; ou bien que les moissons resplendissent, que les fleurs étincellent sous les feux d'un soleil brûlant, les tableaux sont toujours vrais, toujours colorés, toujours émouvants.

Le poète sait aussi que l'imagination se reflète sur les objets extérieurs. La nature emprunte à l'âme des teintes mélancoliques ou gaies. Une joie, une espérance, qui font déborder le cœur, communiquent aux lieux les plus tristes un aspect tout opposé; de même qu'un souvenir, un regret, un remords peut-être, suffisent pour assombrir les paysages les plus purs, effacer les rayons les plus brillants et rendre fatigants à l'oreille, comme un inutile babillage, les chants harmonieux des oiseaux.

M. Robinot-Bertrand n'a pas négligé de tirer parti de ces effets, et il les a parfois heureusement exprimés.

Nous revenons au poême :

Il est nuit : on attend Gabriel !

Pierre, le curé, le médecin se rendent à sa rencontre à la prochaine station. Ce retour imprévu, dont ils ignorent la cause, les étonne et les réjouit en même temps.

Ils traversent un village où Pierre ne passe qu'avec émotion : c'est là que demeure Rose Aubain ; Rose, dont le cœur l'a reconnu et qui murmure tout bas un salut amical que lui seul entend.

Rose !... Voulez-vous la connaître ? le poète la dépeint dans quelques vers charmants de grâce et de fraîcheur :

« Cette bouche qui rit, cette main, ce front pur,
» Cet œil plein d'innocence et de céleste azur,
» Cette voix, cette enfant, cette blonde, c'est Rose!...
» S'il est dans la vallée, à l'heure où tout repose
» Fleur qui, captive, attend le souffle du matin
» Ou qui de sa prison brise la porte close,
» Moins belle est cette fleur que Rose à l'air mutin. »

Gabriel descend du wagon. Il parcourt les chemins, il retrouve les sillons, les arbres chers à son enfance. Rien n'a changé, excepté lui.

Il rentre dans la maison où son père et sa mère ont vécu et sont morts en le bénissant. Il se plonge dans de sombres pensées , il se repaît de tristes souvenirs.

Il se ranime peu à peu cependant au souffle de l'air natal et espère que le repos pourra encore rafraîchir son âme endolorie.

Ici va commencer le drame, c'est-à-dire le récit de Gabriel , divisé en plusieurs parties que l'auteur a désignées sous le titre de *Veillées*.

La première porte le nom de *Souffles de mai,* c'est-à-dire jeunesse, amour, espérance.

Gabriel soulage son cœur en racontant à son frère les circonstances de sa vie :

Il avait passé au collége les deux premières années, soumis machinalement à la règle, se laissant aller à son humeur rêveuse, s'isolant des jeux, pensant toujours à sa chère campagne, à son jardin, à sa maison, à ceux qu'il y avait laissés, lorsqu'une première lueur funèbre éclaira sa vie... Il avait perdu sa mère !...

Ce malheur le frappa douloureusement ; mais il lui fit comprendre que si l'homme est fait pour souffrir, il ne peut supporter son lourd fardeau qu'à force de travail et de volonté.

Il reprit ses études avec une ardeur nouvelle : « Je lus, dit-il,

> « Je lus, je réfléchis, je ne négligeai rien.
> » Je lus tantôt l'histoire et tantôt les poètes ;
> » Les poètes surtout, véritables prophètes,
> » M'attiraient, et mon cœur s'enflammait à leurs chants,
> » Comme s'allume au feu, l'herbe sèche des champs ;
> » Et déjà se formait en moi cette nature
> » Féconde en grands espoirs, haïssant l'imposture,
> » Confiante et sensible, et dans sa loyauté,
> » Blessée à chaque instant par la réalité. »

Ce fut alors qu'il entrevit un soir, dans la pénombre d'un parloir du collège, celle qui devait d'un sourire, d'un regard, remuer jusqu'aux fibres les plus profondes de ses entrailles, lui créer des joies ineffables, et puis jeter un voile de deuil sur les dernières années que Dieu lui comptait.

Il n'avait que 17 ans quand il vit Herminie de Rhéan, sœur d'Eugène, son meilleur ami. Ce moment décida de son avenir. Il n'eut plus d'autre pensée ; l'image d'Herminie le suivit partout. Aussi rappelle-t-il ces jours avec une ardeur enthousiaste :

> « Le soir, au mois de mai, dans la chapelle unies,
> » De la Vierge nos voix chantaient les litanies :
> « O Reine ! lys sans tache ! étoile du matin !
> » Vase de pureté ! rose sainte et mystique ! »
> » Ces mots harmonieux que disait le cantique,
> » Moi, je les adressais à mon amour lointain. »

Gabriel ayant quitté le collége, fut accueilli dans le château de Rhéan, voisin du Sablon. Il retrouva Herminie, il la vit librement, il lui parla, il parcourut avec elle les prairies, les bois, les rochers ; il s'enivra de son regard et de sa parole, et sa vie passa comme un enchantement.

« Herminie était là ! nous parlait ! autour d'elle
» Comme l'air était frais et la nature belle !
» Elle me montra tout ; — l'étang, ses bords parés
» De roseaux, de glaïeuls, de saules éplorés,
» Et, sur le glauque sein des ondes transparentes
» Les cygnes argentés et leurs courses errantes,
» Le bois, le haut rocher d'où la vue, en plongeant
» Embrasse la prairie et l'horizon changeant.
» Et la rivière au loin dans les champs répandue.
» Herminie était là ! Ma pensée éperdue
» Planait loin de ce monde et des réalités ;
» Herminie était là, marchant à mes côtés !
» Et moi, je l'écoutais, croyant rêver... Chimère,
» O rêve tel qu'aux bras caressants de sa mère
» L'enfant qui dort, jamais n'en fit de plus charmant,
» Je craignais le réveil, ô pur enchantement !... »

Gabriel touche à une autre période de son existence, à une *Vie nouvelle,* c'est le titre de la *seconde Veillée.*

Bien souvent Eugène de Rhéan venait dès le point du jour frapper à la porte de Gabriel, dont les souvenirs s'expriment ainsi :

« ..... Souvent, dès l'aube au front vermeil,
» Eugène me venait tirer de mon sommeil,
» Et du fusil armés, suivis des chiens dociles
» Nous sondions des taillis les plus secrets asiles ;
» Dans le jour, quand le temps était sûr, quelquefois
» Nous partions à cheval et traversions le bois,
» Herminie avec nous ! quel charme ! quelles fêtes !
» Que l'arbre secouait de bonheur sur nos têtes !
» Qu'Herminie était belle et noble ! que ses yeux
» Par la course animés, étaient fiers et joyeux !... »

L'enchantement se prolonge ; mais dans ses promenades il a rencontré plus d'une fois son père qui

« ..... Levant la bêche, et l'abaissant
» Sans trève, labourait le sol retentissant. »

Il se prend à réfléchir et à douter. Eugène de Rhéan, le noble, le châtelain, Herminie elle-même, le croiront-ils digne d'une alliance à laquelle il ne peut songer sans crainte. Il s'écrie :

« ..... M'aimerait-on enfin ?
» Et quand on m'aimerait, l'implacable destin
» Briserait-il jamais, docile à ma prière,
» De mon nom plébéien l'invincible barrière ? »

L'espoir, l'inquiétude se disputent son cœur. Un regard, une parole amie, un bouquet jeté à ses pieds raniment son courage.

Un soir, cependant, il s'est trouvé seul avec elle. Il était prêt à partir, il hésitait ; un mot tombé des lèvres d'Herminie le retient ; enfin, après une scène où l'amour pur s'épanche avec toute sa grâce naïve, Herminie lui dit :

« Mon cœur vous attendra, Gabriel, espérez !... »

Mais Herminie doit se rendre à Paris. Sa mère et son frère l'accompagneront. Gabriel n'a plus qu'une pensée : quitter le village et voler vers Paris. Il sera encore le compagnon d'étude d'Eugène de Rhéan ; il vivra encore auprès de celle qu'il aime.

Le *Combat* est le titre de la *troisième Veillée*.

Gabriel est à Paris ; il est libre de suivre ses aspirations. Il faut qu'il se rende digne d'Herminie ; il faut qu'il entoure son nom obscur de l'auréole du talent et de la science. Il faut que ce nom soit consacré par la renommée, l'illustration peut-être !...

Le travail est le moyen. Il se livre à l'étude avec une

volonté de fer, avec une ardeur fiévreuse que rien ne peut ralentir...

Mais la main de Dieu vient le frapper encore une fois. Un sinistre message lui annonce que son père est près d'expirer.

Il part, il accourt, il vole !... il recueille religieusement les derniers conseils, les suprêmes paroles du mourant ; il les grave au fond de son cœur, il ne les oubliera jamais.

Puis il s'élance de nouveau sur le terrain brûlant où sa place est marquée. Il est soldat dans les rangs de la démocratie ; fervent dans sa conviction, fort de sa foi, il s'engage résolument dans la voie que sa conscience lui dit être celle du bien. Sa croyance s'accroît encore par les obstacles et les périls de la lutte. « C'est, dit-il,

« C'est que la loyauté peut servir de talent ;
» C'est qu'une âme sincère, à souffrir décidée,
» Devient forte aussitôt qu'elle a foi dans l'idée.
» C'est que le pâtre, armé du caillou du chemin,
» Peut vaincre le géant si Dieu conduit sa main ! »

Nous trouvons là encore de beaux vers exprimant énergiquement de grandes et justes pensées.

On nous permettra d'en reproduire quelques-uns, puisqu'enfin le meilleur moyen de saisir l'œuvre est d'en connaître l'expression en même temps que l'idée :

« Sans doute la pensée a des heures dolentes
» Où la crainte envahit ses facultés tremblantes,
» Où, de pâles clartés passant devant ses yeux
» Elle voit sa faiblesse et son but orgueilleux :
» Elle s'attriste alors, et sur soi se replie,
» Et chaque préjugé qui tombe en elle, crie !
» Mais qu'importent ces cris, si l'esprit abattu
» Sent le devoir qui parle et soutient sa vertu ?
» Le bucheron, armé de la hache acérée,
» Dans la sombre forêt que le temps a sacrée

» Entre, et porte le fer ; chaque arbre lentement
» Chancelle et tombe avec un sourd gémissement ;
» Ces grands arbres tombés, le bucheron les pleure ;
» Mais le soleil jouant autour de sa demeure,
» Va de son seuil obscur chasser l'antique nuit ;
» Le bucheron comprend son œuvre et la poursuit... »

Ces jours sont les plus beaux de la vie de Gabriel. Herminie était témoin de ses efforts et les encourageait. Philosophes, penseurs, polémistes, accueillent le jeune athlète, dont la réputation grandit, dont l'autorité s'affirme, dont le nom, acclamé par la voix populaire, va bientôt devenir retentissant.

Le moment approche, Gabriel le croit, où la réalité remplacera l'espérance, où le songe deviendra la vérité !...

Depuis deux mois Herminie est retournée au Sablon. Gabriel, impatient de l'absence, se dispose à la rejoindre.

L'absence, mot fatal ! l'absence, tombeau des illusions ! gouffre sans fond qui engloutit les rêves, les espérances, les souvenirs, tout ce qui fait le bonheur !...

Gabriel aurait passé toute sa vie loin d'Herminie sans jamais l'oublier. Comment se fait-il qu'elle, sa promise, sa fiancée devant Dieu, ait sitôt parjuré sa foi, brisé le lien sacré, arraché de son cœur l'image si longtemps aimée ?...

C'était vrai, Herminie était mariée ; Herminie s'était jetée dans les bras d'un autre !...

Le choc est douloureux, terrible ; Gabriel, qu'une fièvre violente dévore, touche aux bords du tombeau ; il aurait été heureux de mourir. Des soins dévoués sauvent ses jours ; mais son cœur ne guérira point.

Lorsque Gabriel revient à la vie, il sent que le but de son existence est manqué. Il n'a plus de force, il n'a plus de courage. Il cherche autour de lui des moyens de se dis-traire, d'oublier s'il est possible ; il s'abandonne à la dissipation, au désordre, il n'écoute plus la voix de ses amis qui le rappellent au devoir.

La lassitude, le dégoût de fausses jouissances réveillent enfin ses instincts honnêtes et le ramènent à lui. Il s'écrie alors :

« La coupe du plaisir est de fleurs parfumée,
» Et la douce liqueur en son sein enfermée
» Verse l'oubli, ranime, et donne au malheureux
» Pour semblant de bonheur, un sentiment fiévreux.
» On y boit ; mais sitôt que le flot se retire
» Et baisse, et semble fuir la lèvre qui l'aspire,
» Un goût étrange et plein d'une amère âcreté
» Se mêle à la douceur du breuvage enchanté.
» On l'écarte ; pourtant la liqueur étincelle
» Enivrante et fleurie ; on retourne vers elle
» Et l'on boit... mais le vin que l'on aimait d'abord
» Devient toujours plus âcre en s'éloignant du bord,
» Et quand le fond paraît, ô spectacle qui glace !
» De reptiles noués un long cordon s'enlace,
» Monde horrible et visqueux ! et voilà que soudain
» On jette en la brisant la coupe avec dédain. »

Gabriel se rappelle son frère, ses amis ; il se dit qu'il a encore des devoirs à remplir, et il regagne l'asile de paix où il a passé sa jeunesse.

Nous sommes arrivés à la troisième partie du poème, qui se divise aussi en *Veillées*.

La première porte le titre de *Solitude*.

Le récit est terminé, c'est le poète qui continue.

Gabriel est resté au village : il veut être utile. Il écoute les plaintes, il conseille, il encourage. Sa patience ne se lasse jamais. Il emploie toutes les ressources de son esprit éclairé pour réunir les hommes que l'intérêt divise ; heureux quand il a pu faire quelque bien.

Mais ceux qui l'entourent, Pierre, le vieux médecin, ses

amis, ses voisins, tous remarquent avec tristesse la pâleur de son front.

Cependant Gabriel ne se plaint pas ; mais il souffre d'un mal secret et incurable.

Quelquefois, après les fatigues du jour, rentré dans sa solitude, il se recueille, il pense et il écrit.

L'auteur a recueilli de nombreux fragments du journal de Gabriel.

Ce sont des pages touchantes où les souvenirs se mêlent à des pensées graves et fortes ; Herminie, Paris, l'œuvre du devoir, y trouvent une grande place ; souvent aussi le poète est inspiré par la contemplation de la nature, par l'amour fraternel, par le sentiment de la douleur ou l'idée de l'avenir inconnu.

La Veillée suivante, *Æternus amor,* raconte les rêveries de Gabriel, ses promenades solitaires au milieu des champs et des bois.

Un jour que la neige couvrait la terre, Gabriel entendit la voix d'un pâtre chantant des vers, dont la suave et douce harmonie retentit jusqu'au fond de son cœur.

  « Tout sommeille dans la nature,
  » L'arbre, l'oiseau, l'onde, la fleur ;
  » Pourquoi donc entends-je en mon cœur
  » Un monde nouveau qui murmure ?...
  » Lorsque le printemps reviendra
  » La violette fleurira.

  » Sur la rivière aux eaux glacées
  » Pèse l'hiver aux brouillards gris ;
  » Pourquoi donc entends-je les cris
  » Des hirondelles empressées ?
  » Lorsque le printemps reviendra
  » La violette fleurira.

» Sur la maison, la girouette
» Tourne au vent et grince : pourquoi
» Entends-je donc autour de moi
» Les chants de la vive alouette ?
» Lorsque le printemps reviendra
» La violette fleurira.

» C'est que ces mots, ces mots : Je t'aime !
» Ma belle, hier, me les a dits ;
» Et mon âme est un paradis
» Qui brille au sein de l'hiver même.
» Lorsque le printemps reviendra
» La violette fleurira. »

Ce chant fut l'étincelle qui ravive le feu couvant sous des cendres mal éteintes. Gabriel avait été aimé, lui aussi. Il voulut savoir ce qu'il éprouverait en revoyant les lieux parcourus tant de fois avec Herminie. Il se dirigea vers le château de Rhéan inhabité depuis le fatal mariage ; il s'ouvrit avec peine un passage dans le jardin où croissaient les épines et les plantes sauvages, et il s'engagea dans les allées avec une émotion profonde.

Quelle ne fut pas sa surprise, en apercevant debout, sur le seuil abandonné, une femme vêtue de deuil, près de laquelle jouait un enfant !

Gabriel crut à un rêve, à une illusion. C'était Herminie devenue veuve.

Elle aussi semblait profondément émue. Elle se promena d'un pas lent et triste, paraissant évoquer dans sa mémoire des heures chères et lointaines.

Gabriel était caché derrière un tronc d'arbre. Herminie passa près de lui sans le voir,

« Et d'un pan de son voile elle effleura ses doigts. »

A ce contact, Gabriel chancela comme un homme ivre. Il

sentit les bouillonnements du sang affluant vers ses tempes. Il essaya vainement de se retenir ; il fléchit et s'affaissa en gémissant sur le sol glacé...

Longtemps après, lorsqu'il revint à lui, il se trouva seul. Il douta et se demanda si c'était bien Herminie ?

La nuit était venue ; il se rapprocha du château. Une lumière brillait à la fenêtre ; il regarda, il vit Herminie assise, la tête penchée, dans l'attitude du recueillement et de la douleur... Il la contempla longtemps... Herminie, distraite par un léger bruit, détourna vivement les yeux ; elle aperçut le visage pâle et flétri de Gabriel et poussa un cri...

Gabriel aussitôt s'enfuit. Son cœur éclate, sa tête est en feu... Il court à travers les champs. Les arbres, les pierres, les sillons prennent des formes et des proportions effrayantes : des fantômes se dressent devant lui ; des lueurs étranges éblouissent ses yeux ; des bruits inconnus, des sons lugubres retentissent à son oreille... Il court, il court éperdu, haletant, insensé... Mais, tout-à-coup, ses pas se brisent contre les ondulations répétées du sol ; des bras étendus de toutes parts frappent violemment sa poitrine et lui barrent le passage... Il s'arrête ; il s'interroge ; il reconnaît le lieu consacré au repos infini...

Alors, une ombre, plus grande que les autres, soulevant une large pierre, apparaît, calme, souriante ; elle montre du doigt la fosse béante ; et sa voix, dans laquelle Gabriel retrouve la douceur de l'accent paternel, l'appelle et l'invite à prendre place dans le tombeau !.....

Le lendemain, Gabriel laissa voir un front tranquille ; mais un mal nouveau et mortel le consumait.

Nous n'avons pu, dans notre rapide analyse, donner qu'une idée froide et incomplète de scènes que le poète a rendues avec une verve passionnée et saisissante.

Dans la dernière *Veillée,* M. Robinot-Bertrand fait marcher, en quelque sorte, parallèlement les *Deux frères.*

Gabriel, l'homme de l'idéal, frappé au cœur et mourant victime de ses illusions.

Pierre, l'homme des champs, heureux dans sa médiocrité.

Rien de doux et de charmant comme la peinture de mœurs rustiques, qui commence cette partie du poème.

L'auteur nous transporte au village *du Gîte,* demeure de Rose Aubain. Les caractères, un peu poétisés sans doute, comme cela est juste, n'en sont pas moins des portraits réels et vivants.

Le vieux médecin va demander, au nom de Pierre, la main de Rose. La famille est réunie ; l'attitude est simple et solennelle à la fois. Des observations que l'extrême délicatesse inspire à l'aïeul Aubain, sont facilement combattues par l'habile messager.

Le poète continue :

> « A ces mots, du vieillard la volonté chancelle,
> » Le médecin le guide à la croisée, appelle
> » A voix basse le père et la mère étonnés,
> » Et du doigt indiquant quelque chose : Tenez !...
> » En ce moment, frappés par les rayons d'or pâle
> » Dont le soleil couchant éclairait le chemin,
> » Rose au visage doux, Pierre au visage mâle,
> » S'en allaient en rêvant, et se donnaient la main. »

L'argument était décisif, et le bon docteur ne pouvait manquer de réussir...

Mais à l'instant où Pierre se prépare au bonheur, une tombe est près de s'ouvrir : la maladie a terrassé Gabriel qui s'agite dans les convulsions d'un affreux délire.

Tout-à-coup la porte s'ouvre : une femme entre ; c'est Herminie qui a toujours aimé Gabriel, mais qui n'a pas eu la force de résister à la volonté de sa famille. Elle se précipite dans les bras de Gabriel.

> « A ce chaste baiser, à cette voix bénie,
> » A ces pleurs répandus, aux soupirs d'Herminie,
> » Gabriel, pour la voir, en un suprême effort,
> » Se redressa (l'amour est plus fort que la mort),
> » Et pour garder en lui l'indélébile image
> » De celle qu'il aimait, contempla son visage
> » Longtemps... Mais tout-à-coup, soit que de purs concerts
> » Entendus de lui seul aient monté dans les airs,
> » Soit que l'infini même, avec un bruit sublime,
> » Ait entr'ouvert son temple et son mystère intime,
> » Gabriel a fixé ses regards devant lui,
> » Quelque chose de grand sur sa figure a lui,
> » L'extase dont son âme est comme enveloppée
> » A déplissé les coins de sa lèvre crispée ;
> » Et la mort saisissant ses membres déjà froids,
> » Il retombe immobile en s'écriant : « Je vois ! »

La dernière partie est courte. Elle est, en quelque sorte, la conclusion de l'œuvre et porte pour titre : *Fais ce que dois.*

Le poète fait comprendre que les déceptions, les chagrins, la crainte de la mort, ne doivent pas décourager l'apôtre du devoir.

FAIS CE QUE DOIS.

> « Qu'importe, après tout ! — Vivre, est-ce en l'indifférence
> » Sommeiller de longs jours ?
> » Non, vivre, c'est aimer, c'est dompter la souffrance,
> » C'est approcher toujours
> » De l'idéal ; au choc des foudres jaillissantes,
> » C'est fouiller, c'est percer
> » Du problème éternel les ténèbres pesantes ;
> » C'est agir ; c'est penser !...

» Une main déchirée aux ronces de la voie!...
» Un front ensanglanté!...
» Des larmes! Sous ses maux une tête qui ploie!...
» Un œil épouvanté!...
» Qu'importe!... On a vécu, lutté; la terre passe
» Rapide; un ciel nouveau
» Ouvre ses flots cléments d'azur, et son espace
» Sur un monde plus beau. »

Le poète a donné sa prédilection à la figure de Gabriel; il en a fait, en quelque sorte, son idéal.

Cette figure est réellement belle : elle est vraie, elle est complète sous bien des aspects. Mais est-elle irréprochable? Le caractère de Gabriel est-il aussi fortement trempé que les débuts l'annoncent?

Gabriel a consacré sa jeunesse à étudier les hommes et les choses ; il a fouillé jusqu'au fond des replis les plus secrets du cœur humain; il en a sondé les misères, surpris les défaillances, mesuré les faiblesses.

Alors, il s'est interrogé lui-même et il s'est dit : « Je me sens plus fort que les autres; donc, j'ai le droit de me poser en maître. » Et il a entrepris son œuvre de réforme et de progrès. Oh ! sans doute, il avait dû puiser dans ses graves méditations le courage nécessaire pour lutter contre l'adversité ! Oh ! son âme devait être aguerrie et capable de supporter les douleurs imprévues !...

Comment se fait-il qu'au premier obstacle qu'il rencontre, à la première déception qui l'afflige, il courbe la tête, il fléchisse, il succombe !...

Vainement essaie-t-il parfois de se relever ; ses efforts sont impuissants, et il doit déserter la grande œuvre inachevée.

Il resserre les plis de son drapeau; il s'éloigne de l'arène, et il va demander le calme aux ombres du village.

Là , il se complaît dans la solitude ; il se berce de ses rêveries ; ne songe qu'au·bonheur perdu , et n'a plus que de rares et vagues souvenirs pour ses anciens compagnons de travail et de lutte.

Gabriel ne s'est-il pas trompé ? Etait-il bien réellement à la hauteur de sa prétendue mission ?

N'a-t-il pas pris pour une vocation certaine cette exaltation, cet enthousiasme que donne la sève de l'adolescence ? Ce désir de bruit , ce besoin d'agitation , cette avidité de renommée , produits d'un instinct de générosité irréfléchie, qui s'essaie à l'application de principes exagérés et mal définis ?

Est-il sûr d'avoir bien fermé ce coin du cœur par où la personnalité, habilement déguisée, s'insinue furtivement, pour se faire bientôt une large place ?...

Et puis, lorsque succombant sous le poids d'un malheur immérité , Gabriel est rentré au village, a-t-il fait tout ce qu'il fallait pour se relever ? A-t-il retrempé son âme blessée à la véritable source ? La présomption, l'orgueil, qu'il est si facile de confondre avec de grandes choses, ne l'ont-ils pas égaré , en lui laissant croire qu'il pouvait trouver en lui-même la force et la résignation ?

Gabriel a trop oublié, selon nous, le·sentiment religieux et la confiance en Dieu.

Quoi qu'il en soit, nous aimons Gabriel ; c'est un type de bonté, ·d'amour, de grandeur, de générosité, qui attire et émeut. S'il a des défaillances, c'est qu'il doit payer son tribut à l'humanité. Le poète a créé un homme et non un géant ; le héros serait trop grand s'il était invincible.

Mais nous aimons aussi Pierre, ce modèle de l'homme vaillant et modeste, intelligent et dévoué , marchant droit dans sa voie, écartant du pied les ronces et les cailloux du chemin, et parvenant simplement à son but : le devoir accompli.

Que dire d'Herminie ? La fille noble et riche ne s'appartient pas, sans doute ; elle doit à sa famille, à ses aïeux, de ne pas déroger ; elle peut s'amuser de l'amour d'un poète, rechercher, dans ses inspirations et dans son enthousiasme, des émotions douces et des adorations brûlantes ; mais elle cède au premier ordre de la vanité de race !...

Gabriel aurait dû savoir cela. Herminie n'était digne ni de tant d'amour, ni de tant de regrets.

Les personnages accessoires, la gracieuse Rose Aubain, le curé, le médecin, achèvent de remplir le cadre et varient heureusement les couleurs. Leurs physionomies franches et bonnes concourent à l'ensemble du tableau et lui donnent un puissant attrait.

Les fragments que nous avons cités suffiraient pour l'éloge de la poésie. Nous avons évité de reproduire ceux qui ont été lus dans une autre circonstance ; c'est que la *Légende rustique* est une mine féconde, où l'on peut puiser longtemps et avec succès.

La versification est facile, d'un rhythme qui charme, et parfois énergique et vigoureusement accentuée. Les rimes tombent presque toujours juste.

Le poète possède un fonds assez riche pour n'avoir pas été obligé de faire appel aux lieux communs. Chaque vers sert de développement à une idée.

A quelque point de vue qu'on l'envisage, comme travail d'imagination, comme œuvre de style ou de moralité, la *Légende rustique* de M. Robinot-Bertrand se recommande expressément à l'attention du lecteur. Elle plaît, elle intéresse, elle touche, elle enseigne.

Les imperfections, inévitables dans une conception aussi vaste, ne sont que des taches dont l'avenir fera justice.

En félicitant M. Robinot-Bertrand, nous l'engageons donc vivement à persévérer dans la carrière où il a déjà fait un grand pas ; et nous ne pouvons mieux faire, en terminant, que de rappeler à notre jeune collègue la devise inscrite en tête de son livre :

« *Travaille et espère !* »

9 janvier 1867.

Extrait des *Annales* de la Société Académique de Nantes.

Nantes, imp. de Mme v^e C. Mellinet, place du Pilori, 5.

www.ingramcontent.com/pod-product-compliance
Lightning Source LLC
LaVergne TN
LVHW012124170726
843501LV00008BC/3012